CAMILLE BEAULIEU

Musée de la Marine

PARIS
EDITIONS DE L'«IDÉE»
51, Rue du Cardinal - Lemoine, 51
MCMVI

LE MUSÉE DE LA MARINE

Du même Auteur

POUR PARAITRE PROCHAINEMENT :

Le Musée Gustave Moreau.

EN PRÉPARATION :

Sur le Chemin d'Athènes. Poésies.
Le Périple d'Amour, roman.

CAMILLE BEAULIEU

Le Musée de la Marine

PARIS
EDITIONS DE L'«IDÉE»
51, Rue du Cardinal-Lemoine, 51
MCMVI

A

LA MÉMOIRE

DE MON VÉNÉRÉ PÈRE,

AVATAR DES HOMMES UNIVERSELS DE LA RENAISSANCE

QUI MOURUT PAUVRE, INCONNU, DÉDAIGNÉ,

MAIS LE FRONT PLEIN

DE PROJETS SPLENDIDES

COMME IL SIED A TOUT NOBLE ET GRAND ARTISTE

Note Liminaire

Cette brochure informe est l'embryon d'une série d'études sur certaines parties non fréquentées du Musée, et sur les collections dont la spécialité rebute souvent le visiteur non initié.

Paraîtront successivement les Musées : Gustave Moreau, Guimet, Cluny, Galliéra, Cernuski.

Le Louvre, plus vaste et plus riche, fournira les études suivantes : Les Émaux, les Armes, les Bronzes, les Meubles, les Tapisseries, l'Orfèvrerie du Moyen-Age et de la Renaissance, les Livres, etc.

Confiant dans les destinées de l'Art, nous ferons tous nos efforts pour répandre la noble passion des chefs-d'œuvre.

1906.   C. B.

AVE

Craignez que l'or ne vous éblouisse et ne s'interpose entre vos yeux et la misère du Pauvre.

Que vos doigts ne se crispent point sur ce vil métal, mais au contraire qu'ils s'ouvrent largement.

Votre front peut frapper les astres :

Sublimi feriam sidera vertice

mais votre cœur doit être au milieu de vos frères.

Que la Lumière, toujours plus pure, jette un égal rayon sur l'Art et sur l'Amour.

La paix du cœur et la sérénité de l'âme s'acquièrent par la contemplation prolongée des chefs-d'œuvre.

Aux grands Artistes, phares de la route obscure de l'Humanité, aux Génies qui ont fait de l'Art et de la Vertu l'idéal de la vie, Salut.

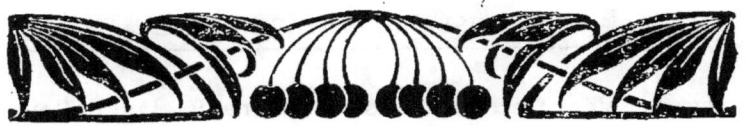

Le Musée de la Marine

I

Il est question de transférer aux Invalides où, dit-on, il sera mieux à sa place, le Musée de la Marine exposé dans les galeries du Louvre.

Ce n'est pas sans une certaine mélancolie que nous verrons opérer le déménagement des petits navires que nous avons tant admirés pendant nos jeunes années. En contemplant frégates et corvettes, toutes voiles dehors, nous avons fait bien souvent de splendides voyages aux îles d'or que découvre l'imagination fertile de la jeunesse.

Le triton qui souffle dans une conque à la proue des navires, nous entraînait à sa suite sur les mers lointaines. Après mille aventures, nous relâchions, suivant l'usage, dans une baie délicieuse, bordée de palmiers, de cicas, de cactus, d'arbres inconnus au feuillage bizarre, à l'ombre desquels nous avions des idylles avec des Vénus bronzées dont le pagne éclatant flottait au souffle embaumé de la brise.

Nous n'avons jamais été dérangé par la cohue des visiteurs. Ce musée semble déserté de tout le monde et pourtant quel enseignement résulte de son étude : la philologie, l'histoire naturelle, les sciences mathématiques, les Beaux-Arts, etc.

Nous restions jusqu'à la fermeture devant ces nefs délicieuses qui ne pouvaient cingler que vers des rivages fortunés, bercées mollement sur l'Océan du rêve.

II

On peut dire avec certitude que l'ancienne marine a cessé d'exister depuis 1870. Les cuirassés, ces monstres d'acier sans élégance, ont remplacé les voiliers. Les proues sculptées et les châteaux d'arrière ont fait place aux torpilles. On ne travaille plus que pour la mort.

La marine de guerre s'est *perfectionnée* à un tel point que le navire moderne n'est plus qu'un vaste mouvement d'horlogerie dont chaque ressort fait jouer un engin destructeur.

Nous savons par expérience tout le confort qu'offrent aux voyageurs les paquebots de nos jours, mais nous osons préférer à ces hôtels flottants, la marine à voiles des temps passés. Avec des instruments rudimentaires, des équipages superstitieux, de mauvaises cartes, Colomb, Magellan et Vasco de Gama ont découvert l'Amérique, fait le tour du monde et créé des colonies à peu près partout.

Il y avait des marins ; il n'y a plus maintenant que des mécaniciens dont le principal mérite consiste à toucher l'escale à heure fixe.

Le langage pittoresque des gens de mer a disparu avec l'ancienne marine. Il fit longtemps partie du domaine littéraire, mais on l'abandonna dès que les termes n'en furent plus bien compris dans les salons qui commençaient à se former. Sa richesse, son coloris, en faisaient un écrin éblouissant de gemmes aux tons rares et mystérieux que le profane n'appréciait pas à sa juste valeur.

Le mondain craindra toujours d'employer un mot qui ne soit pas sanctifié par la mode, à plus forte raison ne se servira-t-il jamais d'un terme du langage nautique qui passe encore pour de l'argot auprès de beaucoup de personnes.

Tous les grands écrivains ont aimé et pratiqué ce vocabulaire merveilleux qui prête à la métaphore et donne du coloris et de la vigueur au style. En feuilletant notre trésor littéraire, nous n'aurons que l'embarras du choix des citations :

> *Proe (1) qui fend les ondes*
>
> Eustache Deschamps.

> *Nous estions là bonne troupe,*
> *Qui, ayans le vent en poupe,*
> *Tous l'un à l'autre buvions*
>
> Olivier Basselin (XXIII)

---

(1) Proue.

La *carine* (2) est au soleil, nos *gumènes* (3) sont presque tous *rouptz* (4).

Rabelais (Pantagruel IV)

Plus près de nous, J.-M. de Heredia a rappelé en termes de blason ce vieux mot de *gumène* :

C'est Bartolomé Ruiz, prince des vieux pilotes,
Qui, sur l'écu royal qu'elle enrichit encor,
Porte une ancre de sable à la gumène d'or.

Les Trophées.

L'espine est comme siège et fondement de tout l'assemblage et liaison du corps, comme la *carine* est le fondement de tout le navire.

Ambroise Paré (IV).

Qui s'enfle ainsi qu'un voile quand le vent
Souffle la barque et la single (5) en avant.

Ronsard.

Aians mis hors la *voile latine* et le *trinquet*, ils s'esloignèrent aisément des autres qui ne pouvaient s'approcher qu'aux lis du vent, et *aloveant* (6).

D'Aubigné (Hist. II).

Un vaisseau *cargue* (7) toutes ses voiles dans l'orage et se laisse aller au vent.

Alfred de Vigny. — *Journal d'un Poète.*

---

(2) Carène.
(3) Gumène, cordage qui sert à lever l'ancre.
(4) Rompues, défaites.
(5) Cingler.
(6) En louvoyant.
(7) Replier les voiles le long des vergues.

... grandes barques pontées, blondies au goudron, avec une ceinture verte comme les treschuits de Hollande, toues cloutées de chevilles de bois, bateaux à vapeur, remorqueurs, galiotes, clippers, youyous, canots, yoles, périssoires, bateaux de tous les gabarits.

Th. Gautier. — *Tableaux de siège*.

Les œuvres de W. Scott, Fenimore Cooper, Garneray le peintre de marine, Byron, Longfellow, Eug. Süe, Victor Hugo, Pierre Loti, etc., fourmillent de termes empruntés au langage nautique.

III

La première partie du Musée est composée d'accessoires : cabestans, grues, chèvres, treuils, crics, sonnettes à tiraude, romaines, colombes à araser, forges, scieries, corderies, modèles de bassins ou formes, bateaux-portes, dragues, pompes à incendie, machines à mâter, échantillons de cordages : aussières, bitord, merlin, cordelle, quarantinier, filin. A ce sujet, disons qu'à bord, chaque manœuvre porte un nom particulier ; il n'y a qu'une *seule corde* : la corde de la cloche.

Ensuite, viennent les armes, pertuisanes et poignards, piques, sabres et haches d'abordage, grappins, faux, espingoles, orgues, canons, caronades et mortiers.

Tous ces objets intriguent le visiteur, mais ne le charment point. Aussi passe-t-on vite pour voir plus tôt les navires. — On commence par les bâtiments en cours de construction et placés de telle façon que le visiteur puisse bien se rendre compte du montage des

pièces sur la carcasse du navire. Auprès se trouvent les
agrès : mâts, vergues, enflèchures, poulies, calcets pour
les différents mâts, mestre, artimon, trinquet. Le calcet
est une pièce qui forme la tête du mât et où viennent
aboutir les cordages qui servent à manœuvrer les antennes ; il n'est plus en usage. La mâture à calcet a
vécu avec les anciennes galères et les bâtiments latins. ·

Tout cela n'est que le corps du navire. Il peut manœuvrer, voguer, mais non se diriger, il lui manque
une âme. Il l'aura avec les boussoles abritées dans leurs
habitacles, les astrolabes, sextants, télescopes, hélio-
mètres, sabliers, dont le cuivre reluit à travers les
vitrines.

Après l'examen détaillé des différents espars, il est
bon de voir la place qu'ils occupent dans un vaisseau
complètement gréé. Nous voici dans la partie la
plus intéressante du musée. Tous les types de navires
sont représentés, depuis l'époque de Louis XIV jusqu'à
nos jours.

Il est superflu de dire que ce sont les vaisseaux du
XVIIe siècle qui l'emportent sur tous les autres pour la
richesse de l'ornementation. Le grand roi communi-
quait le goût du Beau à tous ses sujets, et la marine
qui semblait pouvoir se passer d'artistes, les vit au
contraire affluer dans ses chantiers.

Les proues étaient sculptées le long de la pou-
laine et portaient sous le beaupré une figure colossale
qui représentait souvent le patron du navire : Neptune
brandissant un trident, Amphitrite, tritons, naïades,
victoires soufflant dans des trompettes, chevaux marins, etc.

Les dessins qui nous restent nous prouvent jusqu'à quel point l'on était soucieux de la décoration de la poupe. Malgré leur exiguité les modèles donnent une idée justede la richesse des vaisseaux à cette époque.

Un des beaux spécimens de cet art naval peut s'étudier dans la représentation réduite de la *Reale*, galère amirale construite et sculptée par Pierre Puget.

Dans la même salle se trouvent les sculptures originales de ce grand artiste, il est donc facile de se rendre compte de l'ensemble et des détails.

Un immense cartouche divisé en quatre tableaux couvrait l'arrière de la galère. Ce magnifique bas-relief, représente les différentes heures du jour et de la nuit, les saisons, les signes du Zodiaque, où trônent, selon leurs attributions, les divinités de l'Olympe: Jupiter avec l'aigle et la foudre ; Vénus dans une conque marine ; Cybèle sur un lion ; Neptune, armé du trident, chevauche un dauphin.

La pièce du milieu, la plus importante, est consacrée au dieu du jour, Phébus-Apollon, conduisant ses fougueux étalons qui se cabrent sous sa main divine. Des amours déploient au-dessus de sa tête l'orgueilleuse devise :

Nec pluribus impar.

A droite et à gauche, aux angles, et pour relier les différents cartouches, il existe des écussons portant un L couronné, et des bas-reliefs représentant des amours agitant des banderolles, portant des guirlandes de fleurs et des faisceaux de coquilles.

Surmontant le tout, un génie ailé porte l'écusson

royal de France, timbré d'un amour présentant une
couronne de fleurs avec une grâce tout olympienne.

IV

Si les vaisseaux de cette époque n'étaient pas tous
décorés avec la même richesse que la *Reale* et par des
artistes comme Puget, ils portaient du moins le sceau
de cet art délicat qui faisait de la France le parangon
du goût, grâce à une superfétation d'hommes de génie
dont on chercherait vainement le parallèle dans l'Histoire de l'Humanité.

Les navires de premier rang étaient à trois ponts,
portaient jusqu'à cent-vingt pièces de canons et douze
cents hommes d'équipage. Il fallait des marins comme
Jean-Bart, Tourville et Duguay-Trouin, pour se faire
obéir d'un si grand nombre d'hommes et diriger par
tous les temps, dans les circonstances les plus impré-
vues, des bâtiments dont la voilure avait plus de quatre
mille cinq cents mètres de superficie.

Sous Louis XV et Louis XVI, les formes s'allègent,
les sculptures deviennent plus rares, et beaucoup de
voiles disparaissent, qui devenaient sans objet par
suite de progrès successifs dans l'art de la construction
des vaisseaux et dans celui de les diriger.

Néanmoins, les types de navires de la dernière pé-
riode du règne de Louis XVI jusqu'au premier Empire,
subsistèrent environ soixante ans, conservant, malgré
de nombreuses modifications, la forme, la voilure et
l'armement en usage au xviiie siècle.

Voici, dans l'ordre chronologique, les vaisseaux du musée qu'il est utile de consulter, afin de se rendre compte des différentes transformations : le *Soleil Royal*, le *Louis XV*, le *Royal-Louis*, l'*Artésien*, l'*Océan*, dont les noms primitifs furent : les *Etats de Bourgogne*, sous Louis XVI, et la *Montagne*, sous la Convention ; le *Triomphant*, le *Muiron*, frégate construite à Venise et qui ramena d'Egypte Bonaparte, en 1799 ; le *Friedland*, la *Terpsichore*, les côtres, les balancelles et les prames de la flottille de Boulogne (1805), le *Corse*, premier bâtiment français qui ait navigué par le moyen d'un propulseur hélicoïde. La marine à vapeur débute avec les corvettes le *Sphinx* et le *Véloce*. Les premiers cuirassés et les yachts de plaisance de l'époque actuelle sont représentés par plusieurs modèles.

Les spécimens des marines étrangères sont en très petit nombre. Les quelques vaisseaux espagnols, américains, italiens et turcs de la dernière moitié du XVIIIe siècle et du commencement du XIXe qui sont exposés, ne suffisent pas à donner une idée exacte de l'art nautique chez nos voisins.

Les anglais et les hollandais sont plus nombreux. On y voit des poons, des boyers, des clippers, des shuyts, des yachts aux formes bizarres, finement gréés chez les anglais, plus lourdement chez les hollandais ; et ces frégates arrondies qui convoyaient les lourdes flûtes ramenant des Indes les épices, les bois des îles, les étoffes précieuses, les coffres cerclés d'argent remplis de perles, de bronzes, d'ivoire et de coraux, qui excitaient la convoitise de nos corsaires malouins, dont le plus célèbre, Surcouf, fit à lui seul plus de mal aux

Anglais et aux Hollandais que ne leur en aurait fait une flotte entière.

En revanche, les populations insulaires ou sauvages sont mieux représentées. C'est une magnifique collection de pirogues de toutes grandeurs et de tous modèles, depuis l'informe catimaron de la côte de Coromandel jusqu'au pros volant des îles Carolines qui, au dire des marins, réunit ce qu'il y a de plus parfait dans les fastes de la navigation chez les sauvages.

Pirogues à balancier de Ceylan; pirogues de Vanikoro, de triste mémoire; pirogues à double balancier de la Nouvelle-Guinée; doubles pirogues de Tonga-Tabou, forment une flottille exotique qui rappelle des terres mystérieuses et lointaines, dont les peuplades à peu près éteintes conservent avec jalousie leurs anciens rites et chantent des mélopées millénaires sous le ciel constellé du Pacifique, où la Croix du Sud resplendit comme un signe rédempteur.

En dehors des navires, le musée renferme un assez grand nombre de plans, de cartes et d'objets d'art : les plans en relief des cinq ports de guerre ; la Cloche de Saint-Jean d'Ulloa ; les bustes des grands marins, dont les plus remarquables sont ceux de Fulton par HOUDON, Lapérouse par RUDE, Lamotte-Piquet et Suffren par BRION.

Les murs sont garnis de dessins à l'encre de chine, à la sépia, au crayon, à l'aquarelle, représentant des ornements de poupe et des scènes maritimes. Ces dessins, fort bien exécutés, proviennent pour la plupart de l'ingénieur P. Ozanne ; un ou deux seulement sont attribués à Puget. Par contre, le musée possède de ce noble artiste plusieurs des sculptures originales qui ornaient la *Reale,* dont nous avons parlé plus haut.

On conserve aussi une lettre autographe de Lapérouse, adressée à M. d'Antic, professeur au Jardin des Plantes. Au centre du musée, s'élève la pyramide à la gloire de l'illustre navigateur. Quelques débris du naufrage, rapportés par Dumont d'Urville, sont accrochés autour du monument. C'est tout ce qui reste des deux belles frégates la *Boussole* et l'*Astrolabe,* englouties corps et biens par l'insatiable Océan.

Le musée se complète par des collections ethnographiques et d'objets d'art de l'Extrême-Orient. Ah ! s'il était permis de puiser dans ces vitrines et d'endosser les vêtements d'un sioux, d'un aztèque ou d'un gauchos ! Rien n'y manque. Le vaste sombrero, les mocassins, la petite veste brodée de fleurs et agrémentée de piécettes qui tintinnabulent au moindre mouvement, les larges étriers de cuivre comme en portaient les conquistadors, ajoutons les lazzos, les flèches, les tromblons et l'équipement de chasseur des pampas sera complet.

Ça et là, des masques de sorciers ou d'histrions, figés dans un rictus horrible, ornent le centre des panoplies ou coiffent des mannequins costumés : têtes de méduse devant lesquelles le visiteur demeure pétrifié d'étonnement. La plupart de ces masques, taillés grossièrement, n'ont rien de commun avec ceux que les Chinois et les Japonais exécutent pour leurs acteurs et qui sont de véritables objets d'art par la vérité de l'expression, le rendu des détails et le soin minutieux qui préside à tous les travaux de ces artistes patients et adroits.

Dans les salles suivantes sont exposés des meubles laqués rouge et or, des lits de repos couverts d'incrustations ; des kakémonos de l'effet le plus fantastique ; des tables à thé soutenues par des dragons, dont la

..... croupe se recourbe en replis tortueux.

des paysages peints à plat, où domine le vert éclatant des massifs de bambous sous le bleu cru du ciel et que l'artiste a signés en caractères énormes ; des lanternes de toutes formes, en papier de riz, en soie brochée, en bois ouvragé et découpé à jour ; des brûle-parfums adornés de guivres et de licornes, qu'on croirait échappées d'un blason occidental ; des écrans en bois de santal incrustés de nacre, portant à leur sommet des chimères grimaçantes et sur leurs panneaux des cigognes héraldiques qui fouillent de leur long bec des fleurs de lotus, avec l'espoir, peut-être, d'en faire surgir un avatar de Boudha.

Les multiples génies des fils du Ciel dans des poses tourmentées et grotesques ; des samouraïs belliqueux ; des satzumas, des cloisonnés ; des objets divers en jade, en cornaline, en cristal de roche, en ivoire, en bois précieux, en bronze, font resplendir les vitrines du chatoîment de leurs émaux.

Les favoris de Roadha et de Boudha, Sarbout, celui qui entend de loin, et Mogala, celui qui voit de loin, montent une garde farouche auprès des portes, tandis que le dieu Weu-Chau, tout doré, coiffé d'une mitre ornée de saphirs, regarde impassiblement les rares visiteurs.

Dans une chapelle en bois sculpté, la déesse Kouan-

Yin tient sur ses genoux un enfant qui joint les mains comme un petit Saint-Jean. A sa droite, Sei-Jin, dispensateur des richesses, ricane d'une façon diabolique Il est vêtu d'une longue robe, serrée à la taille par une ceinture que fixe, en guise de fibule, une horrible gueule de licorne aux yeux d'agate ; et porte des cuissards terminés aux genoux par des têtes de chimères. Sa dextre brandit un sceptre et son pied gauche repose sur une sorte de roue symbolique.

La tête du dieu, le monstre de la ceinture et les extrémités des cuissards, forment une série de mufles terrifiants, dignes de figurer dans la rondache de Léonard de Vinci.

Après avoir attribué un mufle au dispensateur de la fortune, ne soyons pas étonné si sa roue d'or passe notre porte. Mais Sei-Jin est vraiment trop laid. Nous préférons lui dire ses vérités, ne voulant pas gagner ses bonnes grâces par des louanges que notre culte pour la Beauté ne nous permet pas de lui adresser.

V

On pourra s'étonner de ne pas rencontrer de vaisseaux antérieurs au siècle de Louis XIV dans les galeries du Musée de la Marine. Cette lacune énorme est impardonnable. Plusieurs conservateurs ont démontré cependant l'utilité de faire remonter la collection jusqu'à Louis XIII, Henri IV, et ainsi de suite, autant que le permettraient les documents et les crédits. Mais nul Mécène ne daignant abaisser ses regards sur les petits navires, il est fort probable que pendant longtemps encore, les visiteurs seront privés du plaisir de contempler le vaisseau des Argonautes. Pardon, il existe, perdue au milieu de navires modernes, une *trière* du Ve siècle avant J.-C., près de laquelle se trouve un autre bâtiment dont l'étiquette porte ces mots : *la galère Argo* (?) sans plus d'explication.

Mais, sans remonter jusqu'à *l'Arche de Noé* et au mythique *Argo,* dont le sillage se perd dans les limbes de l'histoire, il ne serait pas indifférent, croyons-nous, d'exposer la trirème de Thémistocle à Salamine, avec ses deux rangées de boucliers étincelants, au moment où le vainqueur de Xerxès, injustement accusé d'incapacité et de trahison, dit à Eurybiade : « Frappe, mais écoute. »

Et la cange dorée de Cléopâtre, dont la proue portait un épervier aux ailes éployées. Avec l'aide des Egyptologues on la figurerait dans un paysage des environs de Memphis. Le château d'arrière serait jonché de ces épais tapis sur lesquels la reine voluptueuse aimait à rouler son beau corps parfumé d'aromates, en attendant le moment où le soleil plonge dans le désert de sable, à travers lequel se déroulent les méandres du Nil. Alors, sur un signe imperceptible, la cange, gréée d'une voile teinte en pourpre de Tyr, descendait silencieusement le fleuve à la rencontre de l'amant d'une nuit, sous le regard atone des ibis hiératiques et des crocodiles ornés de bracelets et de pendeloques.

Nous serions émerveillés de la flotille des *Northmen* remontant la Seine à la conquête de Lutèce. Barques aventureuses remplies de guerriers aux yeux bleus, aux cheveux blonds casqués de fer, vêtus de la dépouille des ours polaires, sonnant de l'oliphant, proférant des malédictions terribles à l'adresse des Parisiens ; et fiers de mourir au combat pour monter au Walhalla, recevoir de la main des Walkyries le hanap débordant de cervoise.

On rétablirait ainsi le navire caractérisant chaque siècle. Au XIVe, nous aurions le *Bucentaure* : nef somptueuse sur laquelle flottait l'étendard de Venise chargé du Lion de St-Marc tenant l'Evangile sous sa griffe. On choisirait le moment de l'année où le Doge coiffé de la corne, entouré des provéditeurs et des gonfaloniers, jetait du haut de la poupe, la bague d'épousée à l'Adriatique, fiancée héréditaire dont la chevelure enlace de ses tresses glauques

.... *Venice sate in state, throned on her hundred isles!*

Le XVe siècle ne serait pas le plus mal partagé. N'est-ce pas lui qui vit appareiller de Palos les trois caravelles de Colomb allant à la découverte d'un monde ?

Que ne fait-on pas avec la science secourue par la foi? On dit que celle-ci fait mouvoir les montagnes, nous le croirions volontiers, bien que pour notre compte nous n'ayions jamais vu ce phénomène. Un fait certain c'est que la science et la foi de Colomb firent surgir un monde merveilleux, auquel nul ne pensait avant lui. Aussi, pour avoir fait ce présent merveilleux à son roi fut-il chargé de fers, et plongé au fond d'un cachot. Telle est la récompense due au génie.

Quelle belle œuvre ! Faire revivre la *Santa-Maria*, *la Pinta* et *la Nina*, voguant de conserve sur la mer des Sargasses dans la nuit lourde et monotone des tropiques ;

..... *les vents alizés inclinaient leurs antennes*
Aux bords mystérieux du monde occidental.

sous l'œil étonné des étoiles qui regardaient cette escadre surhumaine fendre des mers inviolées jusqu'alors.

Et, comme la philosophie est inséparable de toute science, jusques et y compris l'étude du Musée de la Marine, le visiteur pourrait méditer à perte de vue sur l'instabilité des espérances royales, en contemplant le « clou » du XVIe siècle ; l'*Invincible Armada*, levant l'ancre au bruit des mousqueteries et des fanfares, et filant toutes voiles dehors, flammes au vent, à la conquête de l'Angleterre. *Vanitas vanitatum !*

Dans une vitrine voisine on pourrait simuler le retour ou plutôt l'épisode marquant du voyage, « la Tempête, » monstre aux cent têtes hurlantes, ayant plus de bras que le géant Briarée, et projetant par chacune de ses innombrables mains des rayons de vent, de soufre, de grêle et de tonnerres sur la flotte orgueilleuse qui ne fit qu'une bouchée dans la gueule énorme de l'Océan.

A notre avis la partie inexistante du musée deviendrait donc la plus utile, la plus artistique et la plus morale, puisque nous y puiserions jusqu'à des leçons d'humilité.

VI

En décrivant le Musée de la Marine, nous n'avons pas eu la prétention de faire une énumération exacte et complète de ses richesses. Il ne faudra donc pas s'étonner de certaines lacunes qui sont des oublis volontaires. Nous laissons aux personnes plus compétentes le soin d'établir un catalogue détaillé.

Dans cette étude nous avons essayé seulement de communiquer au lecteur les sensations d'Art que nous avons éprouvées dans nos promenades à travers le Musée. Aussi ne croyons-nous pas allonger cette notice outre mesure en parlant des tableaux célèbres qui sont

exposés dans les galeries du Louvre, et dont les sujets
se rattachent d'une façon ou d'une autre, aux choses de
la mer.

Les toiles des écoles Hollandaise et Flamande apparaissent assez nombreuses : une *Tempête sur les
côtes de Hollande*, de Ruysdaël ; une *Vue du port
d'Amsterdam* et plusieurs marines, de Ludolf Backuisen ; trois *Barques battues par une mer orageuse*,
d'Albert Cuyp ; le *Débarquement de Marie de Médicis au port de Marseille* et la *Majorité de Louis XIII*,
de Rubens. Tous ces tableaux, exceptés ceux de Rubens, n'ont rien de remarquable. Ce sont des marines
qu'il est bon d'examiner au point de vue documentaire,
dans lesquelles on ne trouve ni composition, ni dessin,
mais qui sont une représentation consciencieuse des
différents spectacles de la mer.

Les œuvres de Rubens sont de beaucoup supérieures
à ces tableaux. Dans le *Débarquement de Marie de
Médicis*, la Reine, vêtue d'une robe de soie brochée,
s'avance sous un dais que lui présentent les notabilités
de Marseille ; au-dessus d'elle, une Renommée claironne l'arrivée. La partie du vaisseau qui paraît sur la
toile n'est qu'un bel accessoire d'ornement. Le premier
plan est occupé par trois naïades, dont deux vues à peu
près de face et la troisième, vue de dos. Rubens a peint
avec sa fougue ordinaire ces femmes plantureuses, qui
semblent fières de leur corps robuste aux chaudes carnations. Epanouies de jeunesse et de vie, elles tirent
sur le câble du vaisseau, afin de l'amarrer. A gauche,
un triton souffle dans une conque ; il y met tant d'ardeur que ses joues sont gonflées comme un ballon. Un
vieillard, Neptune, la barbe et les cheveux ruisselant,
préside à l'opération de l'amarrage.

Dans la *Majorité de Louis XIII*,. Marie de Médicis
remet à son fils le gouvernement de l'Etat, que sym-
bolise un vaisseau, richement orné et sculpté. Les
Vertus, sous la figure de femmes aussi charnues que
celles du *Débarquement*, rament avec une vigueur à
faire honte aux matelots les plus robustes. Le long du
navire sont accrochés, à la mode grecque, des écussons
représentant les attributs de chacune de ces Vertus.
Castor et Pollux, aussi inséparables dans le ciel que
sur la terre, brillent au firmament comme un heureux
présage.

Nous n'aimons pas beaucoup cette suite officielle de
l'histoire de Marie de Médicis. Il y a de la composition,
de la fougue, un coloris merveilleux, mais ces femmes
aux appas trop riches se ressemblent d'une façon
criante ; on les voit partout, étalant avec une magnifique impudeur, des seins qui pourraient allaiter sans
peine les sept fils et les sept filles de Niobé. Elles rap-
pellent un peu trop la chair débordante des commères
de la *Kermesse*.

L'école Italienne est mieux représentée : le *Couron-
nement du Doge, Vue de Venise*, de Guardi ; *Vue de
l'extrémité de la Piazzetta*, de Vanvitelli ; *Vues de
Venise*, de Canaletto. Le ciel d'Italie nous est plus
agréable que le ciel brumeux de la Hollande. Aux vieilles
masures des rivages de la mer du Nord, nous préférons la Madonna della Salute, le Palais Ducal, Saint-
Marc, la Piazzetta. Nos yeux se reposent avec plaisir
sur les canaux sillonnés de gondoles, de galéasses, de
chébecs, de tartanes et de sacolèves levantins, d'un
effet pittoresque et charmant.

Dans la *Vue de Venise*, de Guardi, le *Bucentaure* apparaît à gauche, éclatant de dorures. La lumière caresse les monuments et papillote sur les vagues. Le soleil et la mer semblent jouer à qui produira le plus d'émaux.

Mais, nous sommes heureux de pouvoir le dire, c'est l'école Française qui l'emporte sur toutes les autres par l'harmonie de la composition, la grandeur épique des sujets et la justesse du coloris.

En étudiant les belles marines de Joseph Vernet : les *Ports de France* ; la mer sous ses aspects divers ; les vaisseaux en usage au XVIIIᵉ siècle, le visiteur se fera une idée juste de la marine à cette époque.

Avec Claude Lorrain, nous entrons dans le domaine de l'art pur. Ses nombreuses marines nous plaisent beaucoup plus que celles de Vernet. La lumière n'est pas facile à distribuer avec le reflet inévitable de l'eau, aussi faut-il s'appeler Lorrain pour oser peindre le *Soleil levant dans un port*, le *Soleil couchant*, l'*Effet de soleil voilé par une brume*, etc.

Le *Débarquement de Cléopâtre à Tarse* et *Ulysse remet Chryséis à son père* sont deux tableaux pleins de mouvement et de grâce. A part quelques anachronismes communs à beaucoup d'artistes, tout est merveilleux : les personnages dans leur petitesse ! l'architecture qui dénote une profonde connaissance des lois de la perspective et la clarté vaporeuse qui communique une vie intense à ses compositions.

Il existe une autre marine, qui est une des plus belles toiles du Lorrain : l'*Embarquement de la reine de Saba* (à la National Gallery). Il est regrettable que ce tableau, doublement français, puisqu'il avait été exécuté pour le duc de Bouillon, ne soit pas resté en France.

Dans le *Déluge*, Poussin s'est élevé jusqu'au pathétique par une composition simple, comme tout ce qui est beau. La pluie tombe incessamment. Le soleil est voilé par une sorte de brouillard lugubre. Des éclairs sillonnent la nue. *On entend le tonnerre.* L'arche paraît au loin, dans le fond du tableau. Les dernières maisons disparaissent sous les eaux et les derniers habitants tentent de s'enfuir. Au premier plan, un homme à cheval et un autre sur une planche, font des efforts pour surnager. A droite, près d'un groupe de rochers, une barque, dont les passagers cherchent un asile sur les rocs ; une mère tend son enfant à un homme qui s'y trouve déjà. Au second plan, une autre barque se brise dans une chûte d'eau, les personnes qui la montaient sont bien près d'être englouties par le déluge vengeur. A gauche, le serpent perfide et cause de tout le mal, déroule ses anneaux squameux à travers les sinuosités des rochers. A droite, un autre serpent est enroulé sur un tronc d'arbre.

La lumière terne et indécise qui éclaire cette désolation donne au tableau une sorte de tristesse sublime qui empoigne le visiteur et lui communique une terreur respectueuse des grandes colères de la nature.

Voici une œuvre plus riante, quoique empreinte d'une douce mélancolie : l'*Embarquement pour Cythère*, de Watteau. Nous ne décrirons pas ce tableau que la gravure a répandu un peu partout. Cependant, il est utile de rappeler que la gravure si connue de Tardieu ne représente pas l'*Embarquement* du Louvre, mais un double qui se trouve au musée de Berlin, après avoir passé par les mains de M. de Julienne, ami de Watteau. (*Mercure* d'avril 1788 et Ch. Gruyer, *La Peinture au château de Chantilly*, p. 259). Le tableau du Louvre fut peint par Watteau pour sa réception à l'Académie. La touche en est moëlleuse et délicate. Une brume d'or flotte sur le paysage. Le parfum des gazons semble embaumer cette atmosphère idéale que respirent avec délice les pélerins d'amour. Atténué par la patine du temps, le coloris s'est fondu dans un flou délicieux.

Gleyre, dans les *Ilusions perdues*, a fait une composition d'une mélancolie plus intense. Le poète, vieilli, est assis sur le rivage, la lyre est à ses pieds. Il regarde fuir la barque de ses rêves emportant vers d'heureux rivages une théorie de jeunes hommes et de jeunes filles couronnés de fleurs et qui chantent en s'accompagnant de harpes. Un amour conduit la barque. Belle image de la vie à son printemps. Mais quels regrets se lisent dans la pose lasse et découragée de celui qui reste sur la rive. Aimez, jeunes amants, profitez de la vie, mais ne videz pas la coupe entière, l'amertume est au fond du vase.

La touche molle et léchée de ce tableau ne nous satisfait pas autant que sa composition.

Après les ciels joyeux de Venise et de Cythère, après les jeunes et jolies marquises de Watteau, voici le drame, voici l'épopée. La douleur, l'angoisse, la terreur, les supplices, l'agonie et la mort sont réunis dans ces trois chefs-d'œuvre : le *Radeau de la Méduse*, de Géricault ; *Dante et Virgile* et le *Naufrage de Don Juan*, de Delacroix.

La première de ces toiles représente un des épisodes qui suivirent le naufrage de la *Méduse*. Quelques sur-

vivants sont réunis sur un radeau construit avec des
débris de mâts liés ensemble. Géricault a saisi le moment où l'*Argus* est en vue. Un naufragé le montre du
doigt, les autres agitent des mouchoirs ou plutôt des
loques informes. La mer, furieuse, assaille le radeau
de ses volutes écumantes. Au premier plan, des ca-
davres étalent leurs membres raidis. A droite, un
d'entre eux est étendu à la renverse, la tête en dehors
du radeau. Magnifique et vigoureuse académie. Le
thorax du malheureux bombe et laisse voir les côtes à
travers la peau. Un vieillard hébété conserve jalouse-
ment le cadavre de son fils. Les privations nombreuses,
les souffrances de la soif, ont ravagé ces visages que
n'éclaire pas même l'espoir de la voile entrevue à l'ho-
rizon.

Ce tableau a été peint avec une vigueur juvénile. On
sent la vie prête à s'échapper de ces corps épuisés,
dont la réunion autour du mât de fortune est un chef-
d'œuvre de composition et de réalité. Il est dommage
que Géricault ait fait un emploi trop abusif de bitume.
La peinture s'en ressent déjà ; il faudra des soins minutieux pour la conserver à nos descendants.

Inutile d'ajouter que cette œuvre de réalisme aigu
déchaîna la colère des classiques et qu'elle fut à grand
peine achetée pour le musée.

Après cette belle page des souffrances humaines,
regardons la barque portant Dante et Virgile.

Sur la porte de l'Enfer, sont écrits ces mots : « *Par
moi, l'on va dans la cité dolente ; par moi, l'on va
dans l'éternelle douleur ; par moi, l'on va à travers
la gent perdue ;... Laissez toute espérance, vous qui
entrez.* »

Ces tristes paroles font hésiter Dante, mais Virgile
le conforte et lui fait traverser le Phlégéton dans l'esquif à Caron. C'est l'épisode qu'a choisi Delacroix.
Dans le fond, à gauche, la cité dolente en flammes. Debout dans la barque, Dante, coiffé d'un chaperon écar-
late, terrifié par ce qu'il voit, s'appuie sur Virgile ;
Caron, vu de dos, dirige la barque infernale. Les damnés, chassés du Ciel et de l'Enfer, se jettent dans le
fleuve, assiégeant la nef qui les portera sur l'autre rive,
mais : « *Caron, démon aux yeux de braise, les ras-
semble toutes d'un signe et bat de sa rame qui-
conque s'attarde.* »

A gauche, un réprouvé mord le bout de la barque ;
sa bouche se contracte d'une manière horrible ; un
autre, vu de face, se cramponne et la mord également.
Son visage est effrayant ; les yeux sortent de l'orbite ;
les paupières sont rongées par les pleurs. Au premier
plan, d'autres âmes sont roulées par les flots brûlants
du fleuve. Leurs corps, convulsés par la douleur pous-
sée à son paroxisme, sont tordus par les affres d'une
éternelle agonie. Un clair obscur sinistre enveloppe ce
drame. L'énergie de cette peinture dantesque n'a d'é-
gale que le sombre éclat des vers du Vieux Florentin.
On raconte qu'un exemplaire, aujourd'hui perdu, de la
Divine Comédie, avait les marges couvertes de dessins
de la main de Michel-Ange.

Quels chefs-d'œuvre n'aurions-nous pas eus si Delacroix avait daigné recommencer l'épreuve ?

Quand on s'est inspiré d'une façon aussi magnifique
de l'âpre génie de Dante, on peut se permettre d'inter-
préter les autres grands poètes. Aussi Delacroix a-t-il

puisé des sujets dans *La Fiancée d'Abydos, Hamlet, Roméo et Juliette, Faust, Don Juan,* etc.

Ne voulant pas nous détourner du but que nous nous sommes imposé, nous choisirons le *Naufrage de Don Juan,* qui se rattache si bien à notre sujet.

Delacroix possédait-il Byron aussi parfaitement que Barbey d'Aurevilly, qui le savait par cœur ? Nous l'ignorons. Toujours est-il qu'en lisant le chef-d'œuvre du grand romantique anglais, Delacroix en avait retenu cette strophe, pour l'immortaliser une seconde fois avec son pinceau :

The lots were made, and mark'd, and mix'd, and handed,
In silent horror, and their distribution
Lull'd even the savage hunger which demanded,
Like the Promethean vulture, this pollution ;
None in particular had sought or plann'd it,
'Twas nature gnaw'd them to his resolution,
By which none were permitted to be neuter —
And the lot fell on Juan's luckless tutor.

Canto 2 th., LXXV.

Après le naufrage du bâtiment qui les portait, Don Juan, son précepteur, plusieurs matelots et passagers se sont réfugiés dans une barque. La tempête continue, menaçant d'engloutir à son tour le frêle esquif. N'ayant plus de vivres, épuisés par la faim, la soif et l'insomnie, les naufragés en sont réduits, pour se nourrir, à manger le chien de Don Juan. Mais le pauvre animal ne suffit pas à assouvir la voracité de ces malheureux A bout de ressources. après bien des discussions, on se résout à tirer au sort le nom de celui qui sera sacrifié pour prolonger l'existence des autres. On prend de force à Don Juan la lettre de sa bien-aimée Julia pour en faire des bulletins.

La barque, battue par une mer orageuse, se présente par le travers. La composition peut se diviser en trois groupes. Dans celui de l'avant se trouvent trois hommes, dont l'un semble bien près de perdre la raison, tant ses yeux sont effarés. Presque tous les survivants sont réunis dans le groupe du milieu. Un vieux loup de mer, tanné par vingt campagnes, tient le chapeau contenant les billets de mort. Un matelot maintient sa coiffure que le vent veut emporter, et s'apprête, de l'autre main, à extraire le nom de la victime. Un pauvre homme serre contre sa poitrine le corps de son fils moribond. L'angoisse, la douleur, l'anxiété de connaître le résultat du sort, et aussi l'espoir de la vie assurée pour quelques jours, crispent les visages émaciés des personnages.

Enfin, au fond de la barque, un homme, coiffé d'un bicorne et roulé dans son manteau, paraît se désintéresser de cette scène ; au premier plan, un agonisant. Don Juan, la tête appuyée sur sa main gauche, est assis entre ses deux compagnons d'infortune. Une sorte de dédain, de spleen byronien, se dessine sur ses lèvres. Le sang noble qui coule dans ses veines lui défend les cris et la frayeur vulgaires. Il attend le résultat du sort avec la sérénité d'un Dieu qui sait l'amour plus fort que la mort.

Pour peindre cette scène épique, Delacroix semble avoir emprunté à l'Enfer un peu de cette horreur, de ce *je ne sais quoi* qui plane sur les grandes catastrophes.

La barque à Caron vogue sur un fleuve de sang et de feu, au milieu des marais infernaux, où nul œil de vivant ne peut se fixer, hormis celui du génie.

Celle-ci est ballottée sur une mer terrestre. Ses passagers ne sont pas des damnés, mais de malheureux hommes qu'une colère de l'Océan a plongés dans la plus sombre détresse. Là, l'Enfer et ses supplices ; ici, la terre et ses douleurs. C'est dans cette différence essentielle que se révèle le génie de Delacroix. Avec le même pinceau, il traça le visage austère de Dante écoutant les blasphèmes des réprouvés, et peignit le visage de l'irrésistible adolescent qui, après avoir été jeté sur les rochers, se réveillera dans les bras de la belle Haydée « aux cheveux auburn, aux yeux noirs comme la mort » :

> Her hair, I said was auburn; but her eyes
> Were black as death,...
>
> Canto II.-CXVII.

Au Poète, qui dut traverser les Cercles de l'Enfer et les sentiers abrupts du Purgatoire, pour se rendre au Paradis, où rayonne sur son trône de cristal la Beauté suprême;

Au chantre de Child Harold, qui donna son sang pour la Grèce, berceau des Arts, terre sacrée du Parthénon ;

Au Peintre qui s'inspira de ces deux génies, Salut.

Que la Gloire, du vent de ses ailes, effeuille les roses qui fleurissent sur leurs tombeaux.

* * *

La sculpture ne se prête pas aussi facilement que la peinture à la représentation des scènes maritimes, mais elle synthétise les différents sujets de l'élément humide : Neptune, Amphitrite, tritons, naïades, néréides, fleuves, sources, etc.

L'architecture adapte des rostres aux colonnes et aux lampadères. La musique elle-même emprunte des motifs à la mer. Une des plus belles œuvres de Haydn est une partition pour piano, intitulée *La Tempête*. Richard Wagner a chanté *Le Vaisseau Fantôme*, la barque de *Tristan et Iseult*, et la nef au cygne de *Lohengrin*

Pour terminer, rappelons-nous qu'à la gloire de posséder le Louvre, ce Temple de l'Art, Paris joint l'honneur de porter dans ses armes un vaisseau que les flots ne peuvent engloutir, malgré les assauts répétés des tempêtes : *Fluctuat Nec Mergitur !*

Mais le navire insubmersible n'est pas seulement l'image de la Cité toujours debout, il est aussi le symbole de l'Art impérissable.

Éditions de l' « Idée »

51, Rue du Cardinal-Lemoine, Paris

IMP. COUTURIER, 3, RUE DE PARIS. — VINCENNES